AF358937

BIBLIOTHÈQUE
DU PREMIER AGE,

Revue avec soin

PAR UNE SOCIÉTÉ D'ECCLÉSIASTIQUES

et approuvée

PAR MONSEIGNEUR L'ÉVÊQUE DE LIMOGES.

2ME SÉRIE.

LES

TRENTE SOUS

DU PETIT NICOLAS.

LES

TRENTE SOUS

DU PETIT NICOLAS

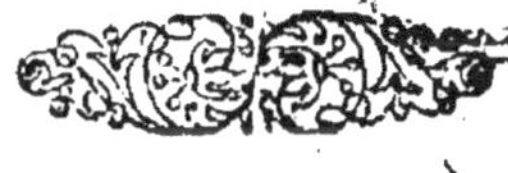

LIMOGES.

BARBOU FRÈRES, IMPR.-LIBRAIRES.

—

1865

LES
TRENTE SOUS

DU PETIT NICOLAS.

M. Gérard était un brave père de famille des environs d'Arras. Peu favorisé de la fortune, il ne pouvait que donner une éducation bien commune à son fils unique Nicolas, ce qui chagrinait d'autant plus ce tendre père que l'enfant avait de très-bonnes dispositions et qu'il avait le caractère le plus doux et le plus aimable. Cependant, comme M. Gérard n'était pas lui-même entièrement dénué de connaissance, il se chargea de lui enseigner l'histoire, la géographie, la mythologie, le calcul, ainsi que les diverses langues en usage parmi les Européens. Il ne négligea pas surtout la religion, et la lui fit pratiquer. Nicolas profitait des sages leçons que lui donnait son père, et lui prouvait sa reconnaissance par la plus aveugle soumission.

Lorsque notre petit enfant fut parvenu à l'âge de treize ans, après s'être disposé au bonheur de sa première communion et l'avoir faite avec la plus tendre piété, il remarqua avec douleur qu'il était à charge à ses parents, qui, déjà vieux et infirmes, gagnaient à peine dequoi se suffire à eux-mêmes. Il prit la courageuse résolution de travailler lui-même, et de délasser ainsi ses bons parents d'un fardeau trop pesant pour eux.

Après avoir long-temps réfléchi sur le parti qu'il avait à prendre pour parvenir à son but, il s'arrêta sur l'idée de se rendre à Paris et d'y chercher quelque place. Mille projets se formaient déjà dans son imagination jeune et ardente. Il lui semblait arriver dans la capitale; il y rencontrait la détresse de ses parents; il intéressait en leur faveur; le négociant l'accueillait, et subvenait aux besoins de son père. Allant plus loin, il se représentait que, satisfait de sa bonne conduite, on lui cédait tout le commerce, et qu'il devenait à son tour un grand commerçant. Cette pensée lui sourit tant qu'il bat des mains et danse de joie.

Il s'agissait maintenant de mettre son projet à exécution. Il voulait d'abord profiter d'une belle matinée de printemps, ne rien dire à son père ni à sa mère, et se sauver de la maison paternelle, afin de leur éviter le chagrin d'une séparation trop pénible; mais quitter un tendre père sans recevoir sa bénédiction, être privé du baiser d'adieu de la meilleure des mères lui paraissait chose trop dure. Il préféra donc aller découvrir son dessein à ses parents.

Ce même jour, après le déjeuner, il se présenta à son père et à sa mère, et, leur faisant un fidèle tableau de leur malheureuse position, il leur fit part de sa résolution.

M. Gérard fut d'abord étonné d'entendre sortir de la bouche de son fils encore fort jeune, un discours si touchant et ne respirant que la tendresse filiale. Il voulait se refuser au départ de Nicolas; mais réfléchissant, d'un côté, que leur fortune nécessiterait tôt ou tard cette cruelle séparation, et, de l'autre, que des enfants qui annoncent de pareils sentiments ne peuvent qu'être accompagnés des bénédictions du ciel, il lui promit d'y songer.

Quant à sa mère, elle ne voyait pas cela du même œil. « Eh quoi ! s'écria-t-elle, tu veux nous abandonner ! Enfant ingrat ! tu ne peux t'habituer à notre pauvreté ! Ne t'ai-je donc mis au monde, nourri et élevé que pour te voir éloigner de moi ? Va, malheureux, cours le monde, oublie une mère qui n'a que trop d'at-

tachement pour toi. Cher-
che-toi une grande for-
tune, et ne songe plus à
ton pauvre père et à ta pauvre mère. »

Mais, voyant Nicolas
verser un torrent de lar-
mes, elle se repentit, et re-
prenant un ton plus doux,
elle lui tendit les bras,
l'embrassa et le serra con-
tre son sein. « Promets-

moi, lui dit-elle, que tu resteras avec nous ; car je ne puis supporter l'idée de me séparer de toi. »

Nicolas allait répondre quand M. Gérard interrompit cette conversation en promettant d'arranger cette affaire à leur satisfaction mutuelle.

Lorsque M. Gérard se trouva seul avec son épou-

se, il lui fit entendre com-
bien le raisonnement de
leur fils était juste, et que,
s'il quittait le toit paternel,
ce n'était que pour leur
bonheur; que d'ailleurs il
ne leur dirait pas un éternel adieu ; qu'il fallait es-
pérer qu'un jour il revien-
drait. Enfin il parla si bien
à sa raison qu'elle consentit,
quoique en soupirant, au
départ de son fils.

» Aussitôt, en mère dili-
gente, elle songea à lui
fournir un petit trousseau.
Comme elle cherchait à re-
tarder le voyage autant que
possible, il y avait toujours
quelque chose qui man-
quait à la garde-robe de
l'enfant : tantôt il lui fallait quelques mouchoirs,
tantôt des bas, et tantôt
autre chose; mais, ne pou-

vant plus porter aucune opposition, elle lui donna sa bénédiction, l'engagea à leur écrire souvent, l'embrassa mille fois, et le laissa partir.

A quelques lieues d'Arras, Nicolas, déjà un peu fatigué, et se sentant le ventre vide, s'assit sur le bord du chemin, mit sa petite valise sur le gazon, en tira un gros morceau de pain noir, ainsi qu'un saucisson, que sa mère prévoyante lui avait enveloppé dans un linge, et il le mangea gaîment. Lorsqu'il eut fini ce repas, il voulut refermer sa valise, mais un petit bout de papier qu'il voit au fond le frappe : il le tire, c'était un petit rouleau; il l'ouvre, une pièce de trente sous s'offre à ses regards, et sur le papier sont écrits ces mots :

« Mon cher fils,

— Ne voulant pas te laisser partir sans te donner une preuve de ma sollicitude maternelle, je te prie d'accepter ces trente sous. C'est un bien faible secours; mais, hélas! nos gains sont si faibles que je n'ai pu faire aucune économie : garde-les donc comme un souvenir de ta mère ; ne les dépense que dans un cas urgent, ou pour faire une bonne action. J'ai dans l'idée que ces trente sous te seront un jour bien utiles, et seront peut-être la source de ton bonheur.

» Adieu, mon fils,

Ta mère, Femme GÉRARD. »

— Oui, bonne et sensible mère, s'écria le jeune homme après la lecture de ce billet, oui, je les conserverai ces trente sous; je les placerai sur ma poitrine comme un souvenir éternel de ta part. Tu t'es privée pour moi, tu m'a mis cet argent en secret dans ma valise. Tu avais grandement raison; car si je l'avais su

d'avance, je ne l'aurais cer-
tainement pas accepté.

Le visage de l'enfant était inondé de larmes, et ses lèvres semblaient remercier le bon Dieu de lui avoir donné de si bons parents.

Cependant il se remit petit à petit de son émotion, enveloppa soigneusement sa pièce, et reprit sa route. Il avait à peine fait quelques pas qu'il entendit une voix qui lui cria :

— Oh! l'ami, où vas-tu?

Nicolas fut d'abord effrayé ; mais, voyant approcher un bon paysan qui avait l'air assez gai, il s'enhardit et s'avança vers lui.

Le paysan renouvela sa question.

— Où vas-tu?

Nicolas répondit :

— A Paris, mon bon monsieur.

— A Paris ! reprit le villageois. Sais-tu que tu as un fort long chemin à faire ?

— Je ne l'ignore pas ; mais je n'ai pas d'autre ressource : mes parents sont pauvres, je ne veux plus être à leur charge, je désire travailler moi-même et venir au secours des auteurs de mes jours.

— Avec de pareils sentiments, tu ne pourras pas manquer de réussir. Va, mon enfant, Dieu te bénira : l'Evangile dit : « Honore ton père et ta mère, afin que tu vives long-temps. » Cependant je puis t'être utile en quelque chose : je vais coucher ce soir dans un village qui est sur ta route, mon gendre y demeure ; nous voyagerons ensemble jusque-là, et tu passeras la nuit avec moi ; demain, à la pointe du jour, j'aurai une bonne voiture, et tu pourras encore faire vingt lieues avec moi : ce sera autant de gagné pour toi.

Qui fut le plus content?

C'était notre Nicolas. Son cœur en palpita de joie, et il remercia intérieurement le ciel de lui avoir procuré une aussi bonne rencontre.

L'enfance est confiante et babillarde. Chemin faisant, Nicolas raconta au paysan toutes les particularités de son départ, il n'oublia pas de faire mention des trente sous de sa mère.

Le paysan l'encouragea beaucoup à persévérer dans son dessein, et à ne pas se laisser abattre par l'adversité.

— Quand tu seras à Paris, ajouta-t-il, va loger rue d'Enfer, n° 7, chez madame Legros; dis-lui que tu viens de ma part, de la part du

gros Vincent, et je te pro-
mets que tu seras bien ac-
cueilli. Je fais souvent un
tour à Paris, alors j'aurai le
plaisir de te voir.

» En s'entretenant ainsi,
ls entrèrent dans un vil-
iage ; ils remarquèrent une
grande foule assemblée sur
a place ; ils apprirent bien-
ltôt qu'un malheureux couvreur venait de tomber du

haut d'un toit, qu'il s'était cassé les membres, et que sa malheureuse femme, avec quatre enfants, restait sans aucune ressource.

— La voyez-vous là-bas? leur dit-on ; comme elle se désespère! comme elle s'arrache les cheveux !

Vincent et Nicolas s'approchèrent et virent, en effet, cette mère affligée. Vincent lui donna une pièce d'argent. Quant à Nicolas, il aurait bien voulu contri-buer à soulager la misère de cette famille; mais que pouvait-il faire, lui qui n'ayant reçu de son père que quelques francs, avait à peine de quoi vivre jus-qu'à Paris? Se souvenant tout-à-coup de ses trente sous, il s'écria : « Ah! voilà le meilleur emploi que je puisse en faire; et quelque chagrin que je ressente de me défaire de ce souvenir de ma bonne mère, je dois en faire le sacrifice, puisque c'est, comme il est écrit dans ma lettre, *pour faire une bonne action.* »

A ces mots, il va dans un endroit écarté, tire les trente sous de sa valise, et les apporte à la femme du couvreur. Celle-ci veut remercier son bienfaiteur, mais il a disparu et est allé rejoindre son compagnon de voyage. On continue à marcher, et on arrive au gite. Nicolas, fatigué, fait un repas excellent et reçoit un bon lit, qui lui rend toutes ses forces. Le lendemain matin, une voiture commode les attend ; ils y entrent, et l'on s'éloigne.

Je ne vous entretiendrai pas de tout ce qui leur

arriva sur la route, ce se-
rait un détail trop long ;
qu'il vous suffise de savoir
qu'à vingt lieues de là Vincent, comme il le lui avait
dit, le quitta, et Nicolas
continua son voyage, vi-
vant le plus économique-
ment possible.

» En débarquant dans la
capitale, il n'oublia pas l'a-
dresse de la dame Legros ;

il s'y présenta, et le nom du gros Vincent lui valut la réception la plus amicale. On lui fournit un cabinet, où il se logea. En vidant sa valise, il fut très-étonné d'y retrouver les trente sous qu'il avait donnés à la femme du couvreur; ils étaient enveloppés dans la petite lettre de sa mère; mais, à côté, il y avait un petit rouleau contenant six francs en petites pièces, et une lettre ainsi conçu :

« Aimable enfant,

» Quelque secret que tu aies employé pour ta bien-faisance envers une mal-heureuse mère, cette bien-faisance n'a point échappé à mes regards, et j'en ai ressenti un vif plaisir ; car j'aurais été fâché de te voir insensible à l'infortune d'autrui. Cependant je n'ignorais pas la valeur que cette pièce avait pour toi, puisqu'elle venait de ta mère ; je courus donc à l'instant même changer cette pièce auprès de la pauvre femme, et, le soir, lorsque je te vis bien sommeiller, je la remis dans ta valise ; j'y joignis ces six francs, afin que tu aies quelque argent pour commencer à travailler, sans employer les trente sous, qui sont pour toi une espèce de relique. N'aie aucun scrupule de te servir de ces six francs; je te les donne avec plaisir : je suis riche, et si je n'avais pas craint de corrompre ton jeune cœur, de t'engager à la paresse, cette somme aurait été beaucoup plus forte ; car je ne suis pas un paysan, comme tu l'as pu croire, mais un gros marchand de Tours, qui ai la manie de m'habiller en villageois quand je suis en voyage. Si un jour, par quelque hasard, tu as besoin de moi, adresse-toi à M. Vincent, marchand de draps à Tours, où je demeure. Adieu, mon ami, porte-toi bien, travaille et prospère.

« VINCENT. »

» Après la lecture de cette lettre, Nicolas ne put retenir une larme de recon-naissance envers cet aimable bienfaiteur ; puis il réfléchit à ce qu'il allait entreprendre. Il était bien faible pour un travail manuel ; il allait donc songer à un autre moyen. Madame Legros vint à son secours en lui conseillant d'acheter quelques lunettes et de les vendre sur les boulevards ; et, le lendemain, on vit Nicolas se promener sur les boulevards un panier au cou.

» Nicolas devint riche, et, âgé de vingt-deux ans,

il voulut se marier. M. Vincent avait encore une fille aussi aimable, aussi vertueuse que Nicolas, son père veut la rendre heureuse en lui choisissant pour époux son fils adoptif (car c'est ainsi qu'il se plaisait à nommer Nicolas. Ce mariage arrêté, notre enfant, devenu maintenant grand, résolut de rendre d'abord une visite à son père et à sa mère. Il revit avec une vive satisfaction les lieux témoins de son enfance; mais qui pourrait dépeindre la joie qu'il ressentait en serrant dans ses bras les auteurs de ses jours? Il montra à sa mère les trente sous, qu'il avait toujours conservés.

LIMOGES. — IMPRIMERIE DE BARBOU FRÈRES.